月華

Karin Wada

和田華凜句集

ふらんす堂

句集・月華／目次

句集　月華

月へ帰る

平成二十五年〜平成二十九年

八十四句

銀閣寺まで蛍火についてて行く

夕立に忽ち色のなき世界

女の汗には言訳のついてきし

紅拭きて亡者となりて踊りけり

二十の娘夜長をさつと使ひきる

喧嘩して月へ帰ると言つてみる

河豚食ぶる心中してもよきひとと

猫の恋恋は歯止めのきかぬもの

涅槃図の月もこつそり泣いてをり

もの言はぬ舌の抜かれて壬生踊

初鰹龍馬は京へ上りけり

郭公の鳴きて忍者の隠れ里

書初に有馬土産の人形筆

初明り生れたてなる心かな

我もまた霞の中にゐるのかも

更衣人は身軽になりたがる

風の出て羽衣の舞ふ薪能

火の匂月まで届き薪能

牡丹や女人は待つ身女人寺

血しぶきは赤き布もて夏芝居

不夜城のありて郡上の夜の踊

凩の新しき朝つれて来る

きつとある自然治癒力日向ぼこ

結界の黄泉比良坂より時雨

閑なる生田の杜に冬の蝶

宮司とも巫女とも鶯を替へにけり

光る音して薄氷の溶けにけり

野を焼いて初期化されたる大地かな

見送るも大事な役目残る鴨

明日流すための雛を飾りけり

いつも雨都をどりに行く時は
振り向けば花よ神戸は坂の町

神戸らしサンバの笛を祭笛

花蜜柑ここはお大師様の山

月ある夜月なき夜も蛍の夜

箕面の滝　夜半句碑

誓ふことありこの瀧にこの句碑に

父立夫　逝く

つなぎし手離し祭の中へ消ゆ

昼寝して心どこかに置いてきし

きりきりと黒装束や女の鵜匠

宇治の月ここに懸れる鵜舟かな

海峡を渡りて月の客となる
九州諷詠会

海底に沈む都の上に月
下関諷詠会

七盛の墓に休める秋の蝶

神農の虎待ち合す戎橋

去るものは追はぬが掟木の葉髪
白鳥の日露の境知らざりし

脚本も主演も私日記買ふ

国生みの島を恵方として詣づ

書初に信玄公の墨を足す

寶恵籠へ傾ぎて入りぬ髷の艶

寒紅の宗右衛門町に並びたる
吉兆の意外と軽き米俵

会ひたいは好きといふこと春隣

神の世は国栖に始り紀元節

朱雀門より眺めたる山火かな

翁舞ふ春呼ぶ音で鈴振りて

ミモザ咲き祈の人となりにけり

せめて紅つけやり雛を流しけり

とある朝夢と子猫をもらひ来し
帯解きて心解きぬ春の月

みな同じさみしさ抱きて春惜む

輝入るもよろし壬生狂言の面

壬生狂言言はねばならぬ故無言

山寺に孔子の教へ夏近し

地車の音を遠くに聞く夕べ

葉桜のころ人もまた美しく

翅破れて営門くぐる揚羽蝶

登山地図天川村に温泉も

夜店の娘ゲーテの詩集読んでをり

明珍の風鈴風を選びたる

鴨川へ仁左の落ちゆく夏芝居

玉砂利へ仏の水と言ひて打つ

日蓮像へとふりそそぐ蟬時雨

信濃諷詠会

見つけしと言はず会へしと黒百合に

新酒酌む諏訪の銘酒は神渡と

雷電像御座す大社の草相撲

カンナ燃ゆ鷹女ゆかりの山の宿

愛知諷詠会

コスモスの風ぐせつけしまま生けて

淑女とは多く語らず蘭の秋

風の盆

胡弓の音風に揺るがず風の盆

俯けばさらにうるはし踊笠
ほろほろと風に消えゆく踊唄

父恋へば哀しき唄に風の盆
重りて踊る八尾の月影に

月華

平成二十九年〜平成三十一年・令和元年

百二十二句

夕風を真赭の芒生けて待つ
能面の月華を宿す白さかな

月光の刃物のごとく闇をさく

パリに酌む新酒は灘の生一本

花柄のドレスに秋思隠す日も
濁酒手酌と決めて辛丹波

この紅葉鬼女となるには燃え足らず

種採つて鶏頭の火の消えにけり

東京諷詠会

足早に巡る子規庵旅小春

はみ出して売るものばかり酉の市

素泊の宿に北山時雨かな

燗熱うせよまた心熱うせよ

赤門を出ておでん屋に集りぬ

八景に鳰の潜りて景足せり

極月の雨に点灯ルミナリエ

越前和紙漉きて祈の鶴を折る

お旅所に大太鼓置きおんん祭

広重の富士はみ出せる絵双六

柊の挿しある寄席の二階席
しんしんと引力満つる冬の月

高瀬舟行き交ひしころ猫柳

虚の身に入り来る梅が香でありぬ

梅が香にして日向の香日陰の香

日没の記され修二会時刻表

月遠くおきて修二会の奈良の闇

袴取りいのち美しきつくづくし

青よりも赤の哀しき涅槃像

浮世絵のくれなゐはこれ桃の花

初桜明日は月命日なりし

父の座は空席のまま花筵

花の雨花を散らして答なかり

濃山吹禅問答に答なし

清浄の白今生に沙羅の花

御狩場のありし辺りよ著莪畳

欄間生む影絵映しし風炉点前

仰ぎ見る壇上伽藍夏の月

山女焼く女将の塩のふり加減

法の雨濡す大山蓮華かな

楚楚として茶花はよかり京鹿子

形代の白紙といふはふと哀し

夏帯の線香花火ほどけ消ゆ

夜を待つやうに置きある蛍籠

風鈴の音の遠くへ行きたがる
香水はつけぬ浴衣を着る夜は

日傘さし好みの影を持ち歩く

蓮の花揺す浄土の余り風

煩悩の消え去るほどに汗をかく

花街を出てより無言詣かな

秋風鈴極楽橋の風に鳴る

大壺に高野槙生け盆用意

言の葉を継ぎ足すあはひ秋扇

ちびるとは達者の証踊下駄

姑のをらぬは淋し秋茄子

露の世に身をおき急ぐことなかれ

神域に流るる水のいよよ澄む

月百態女百態雲百態

哲学の道も今宵は月の道

兵法は孫子に学び稲雀

懺悔室へと置いてくる秋思とは
白秋と言ひ赤もまた秋の色

花八手島の鬼門はこのあたり

遠景に小春近景にも小春

鳰潜る水輪おいてけぼりにして
御神楽の鈿女闇夜を踏み鳴す

堺にて砥石買うたり年用意

河豚捌く菩薩のやうな顔をして

手に口に内宮さんの寒の水

ひら仮名に始むる筆の軽さかな

浮舟は二十点とや投扇興

筆づかひやさし呉春の絵双六

元号を予想し合うて寒雀

半襟は白梅の柄春近し

鶯替ふる新地南地の粋筋も
大寒の朝のいのちを確かむる

ひとくちの小さき信濃の凍豆腐

ラグビーの倒れし人に人人人

雪深し鬼伝説の残る村

船出とは希望の言葉春の波止

肩少し小さくなりて春の風邪

鴨帰る余呉湖に影を残しつつ

磐座は黄泉への扉陽炎ひぬ

海見ゆる方へ駆け出す厩出し

須磨琴の音に覚めゆく古雛

春告鳥信濃に久女眠りけり

夢幻能霞の中へ女消ゆ

女人にてゐたし修二会に入りたし

嵯峨念仏八ツ橋買うて帰りけり

落椿浄土の光纏ひけり

花揺るるたび幸せと思ひけり

先斗町舞妓赤眉朧月

月光の届かぬ夜の花明り

信心の深き遍路の重ね印

壬生狂言追ふは醜女と決りをり

地車にずぶ濡れといふ雄姿あり

ひよつとこの神輿の上におどけたる
三越に祭提灯ひとならび

むらさきの花挿してより祭髪

鱚の字の大き江戸前天麩羅屋

ゆすらうめと書きてやさしき心生れ
遊船の簾巻き上げられしまま

篝火を落し鵜川の艶めきぬ

浮世絵の女三相古団扇

函館

黒南風や朝市するめ焼く漢

烏賊釣舟近し漁火通りかな

五百羅漢軋む回廊堂涼し

籠枕をみなの首に添ひやすし

情深し半夏雨てふ名で呼べば

御旅所は鰻屋の前鉾流

二階より天満祭を眺めやる

鱧盛れる玻璃の器のうすきこと

夜の部はことに風よき夏芝居

一力に酔ふも一興夏芝居

瀧音に心眼開きをりにけり

海近く見ゆるベランダ門火焚く

月光に亡者の列の長くなる

頭巾より浮世のぞき見する踊

踊下駄ころりと鳴し朝帰り

別るるは坂終るとき風の盆

旅一日にはか踊子なりしかな

沖深し二百十日の海の色

割烹着どこか懐し衣被

澄む水に舞台化粧を落しけり

月の都

令和元年～令和二年

七十八句

水都けふ月の都となりしかな

穂芒の風に始まる戯画絵巻

即位の日近き日本に鳥渡る

火の国に裂くる通草の白さかな

三山も五山も紅葉山となる

人はみな旅の途中よ翁の忌

冬薔薇触るれば毀れさうなりし

定型を崩さぬ鶴の舞姿

寒菊や肩書捨ててよりの艶

名前なき冬菊にただ光あり

冬桜討入前の静けさに
千両の赤に黄色と良き役者

あきんどの町に師走といふ速度

昭和史を刻む時計よ冬館

襟巻に昔なじみの貂の顔

信念を貫き冬の瀧となる

年用意花かんざしは京に買ふ

新調の巾着さげて事始

冬帝の栖となりぬ天守閣

菅公の宮の礼者となる一日

礼帳の横におかるる大硯

福茶酌む盃の底には梅御紋

星冴ゆる星の寿命の果つるとき
星冴ゆるアリアの響き届くほど

傀儡女の心傀儡の中にあり

舞姫は女権禰宜厄詣

男手に娘育てて水仙花

黒門は浪花の厨餅の花

笛の音は太古のままに国栖奏
万葉の詩に慣うて初音聞く

ぺんぺん草鳴らし小唄も上手なり
役者絵は写楽がよろし梅二月

春浅し帯読んで買ふ文庫本

厩出しの北の大地を踏みしめて

古伊万里の猪口にいただくお白酒

千年の木魂にえにし立雛

魞を挿す近江の朝日背に受けて
冴返る壬生の屯所の柱傷

南方に観音在す春の瀧

札所まで那智黒買うて彼岸寺

涅槃図に涙の海も描かれて

野遊のかけつこ順位付けられず

花見酒京都伏見の女酒

肩うすき女によすが花蘇枋

朝といふ綺麗な時間新茶酌む

卯浪寄す絵島に小さき供養塔

夏潮に神の道あり茅渟の海

若冲の赤の帯締め単衣の夜

初鰹土佐の婿殿候補より

祖父比奈夫　逝く

浄土いま比奈夫桜の盛りかな

瀧の上に天へと続く道のあり

今生の闇を照して夏椿

位牌抱く手首の細し夏の蝶

たましひの蛍となつて会ひに来よ

蛍火の消えて永遠てふ時間

愛染さん裏の軒借り夕端居

色恋に野暮な沙汰なし閻魔王
ここよりは神の領域なりお瀧

水を打つにも島原の作法あり

どことなく手花火の夜の濡れてゐし

手も足もはしやぎて島の踊唄

流星の早し祈の長かりし

島の鱧揚げて雪塩添へくれぬ

底紅や紅引くことのなきくらし

迎鐘つき来し人に飴もろて

鬼灯の祈る形に手を合す

朝顔や久女句集の初版本

流しゆく踊子黒き帯締めて

旅人にあらず今宵は月の人

化野の風を舞はせて花芒

水澄みて般若の面の瞬かず

秋袷手さげ袋に謡本

蜻蛉に透く水の色風の色

千の星降るといふ里鮎落つる

幽玄の月

令和二年〜令和三年

九十句

大物浦観月能

火入式より幽玄の月上る

しづしづと月下にシテの歩みかな

月天心篝火果てて能果てて

浄瑠璃の町に真如の月明り

月今宵シテの衣の朱に金に
髪切れぬ女の性に椿の実

ノコギリを下げて大鹿村歌舞伎

古の遠江の音瓢の笛

勢子頭角切りし夜の一人酒

走り蕎麦諏訪の五銘酒呑み比べ

江戸の世のままに丁子屋とろろ汁

残菊や名の読みとれぬ遊女塚

鳥渡る天の奥より湧き出でて

鶴来る朝の緞帳押し上げて

楽屋出づる役者の素顔石蕗明り

落葉道我が花道として一歩

小春日や祇園にもらふ花名刺

散紅葉辿りて祇王祇女の寺

返り咲く木槿に小指ほどの紅

寒柝の白川郷の音一本

去来庵座布団二つ片時雨

冬菊にほのと慈悲の香慈悲の色

白鳥の来てその湖の母となる

極堂も子規も若かりおでん酒

猪鍋や酒は小鼓丹波住み

猪鍋に文豪談義里の宿

猪鍋や丹波訛の虚子贔屓

夜神楽の天岩戸はベニヤ板

晦日蕎麦たつぷり京の黒七味

月華庵　新年詠

我が庵は昔海なり初明り

元朝の金波銀波を借景に
粛粛と海広げゆく初景色

海神《わたつみ》に人抱かれて初茜

初凪や対岸に煙突一つ

海の街つもらぬ雪を見てをりぬ

一服を銀継に汲む雪の朝

二人分仕込み一人の雪見酒

白足袋を洗ひ一日を終へにけり

笹鳴に言霊宿りをりしかな

はつ春のとうとうたらり翁舞

心持に面を選びて能始

楽屋口「別火」と貼りて火鉢置く

面を打つ音の高さに寒の月

凍鶴の天より凍てて地に凍つる

幼名は玉と言ひしか寒椿

穢してはならぬ極楽橋の雪

懸想文買うて手相も見てもらふ

春隣乗り合せたる能楽師

春浅し芸には師弟てふ縁

染大島小粋椿の名を問うて

錆びず落つる椿の清し実朝忌

暖かや水屋見舞の京和菓子

流し雛見送る空に昼の月

手遊びに折鶴立てて雛立てて

豆雛にしかと檜扇笏のあり

図書館に指定席あり春手套

大津絵の鬼の念仏春の雷

ものの芽や一日一句詠む暮し

世話好きな母のおしやべり豆の花

風音の風紋となり涅槃西風

男の息おく桃色の風船に
ひとしきり吉野に銀の花の雨

花疲開きしままの電子辞書

さくらにも余生と言へる美しさ

花下抜けて愛染堂に休みけり

駄菓子屋の入口狭し風車

囀の昼なほ暗き高野杉

下市村弥助すし

歪みたる昭和の硝子鮎の宿

鮎美し吉野の月の色をして

しつらひに吉野葛もて鮎の膳

推敲の単衣のひとの濃むらさき

中折帽取りて鰻の肝所望

禅僧の墨染衣沙羅の白

白蓮や月光菩薩しづかなり

こいさんの扇子いとはんより小さし

太郎冠者衣装高高土用干し

玻璃の皿海に見立てて夏料理

瀧音を追ふ瀧音の早さかな

亡き人の歳はとらざり水中花

鉾立てて祇園の宵の引締る

月鉾の護符に束ねて鉾粽

夏芝居仁左はほろ酔ひ鳶頭

鯔背なり仁左履く黒き祭足袋

ばさと邪気祓うて降魔扇風

雲海に八島数へて大江山

過去帳に師の名加り夏椿

ただ海を見てゐる夕べ夏の果

親子とは許し許され月涼し

月涼し命に限りあることも

文机に古りし季寄や底紅忌

あとがき

昭和二十三年曾祖父後藤夜半が創始し、七十四年続く俳誌「諷詠」四代目主宰を後藤家の長女として生まれた私が今日継承しているのは、天命であると思う。

第一句集『初日記』が北溟社第三回与謝蕪村賞奨励賞を受賞。授賞式の翌日、三代目主宰の父立夫が小細胞肺癌の宣告を受けた。二年半の壮絶な闘病生活の後、平成二十八年六月、私の頭をポンポンと軽く叩きながら「お前は二重丸の娘や」と言い〈ころはよし祇園囃子に誘はれて　立夫〉と辞世の句を残し、志半ばで此の世を去った。私は父の葬儀の席で諷詠四代目主宰に就任した。そして、昨年コロナ禍の中、名誉主宰であり心の支えであった祖父比奈夫も百三歳の天寿を全うし、この世を去った。気が付くと第一句集上梓から八年が経っており、立夫選、比奈夫選、句友の方々の選、「ホトトギス」稲畑汀子先生、稲畑廣太郎先生選、「玉藻」星野椿先生、星野高士先生選の句が約三千七百句、句帳にあった。第二句集にはその中から三百七十四句を収載することとした。

諷詠では夜半の時代から、吟行句会はもちろん、室内での句会にも季節の様々な句材を持ち寄り、その瞬間の「物の見えたる光」が心から消えないうちに俳句にする形式を続けており、月の半分は句会に出ているので、その時に詠んだ花鳥諷詠、客観写生の句がほとんどである。

表題『月華』は月の光、月光のこと。（広辞苑より）

諷詠四代の主宰がそれぞれ「瀧の夜半」「花の比奈夫」「祭の立夫」「月の華凜」と呼ばれていることもあり、この題を選んだ。人は一日に約九千回の選択をするという。言葉の選択をし、世界最短定型詩を詠む俳人、選句を任される主宰はもっと多くの選択をしているのかもしれない。

俳諧の正しい道を選択したいと心から願う。道に迷いそうになった時、私の心の癒しは月を見ることである。春夏秋冬それぞれの月の光（月華）が先人達の声となって降ってきて、俳諧の進むべき道を照らしてくれると感じるからである。〈能面の月華を宿す白さかな　華凜〉この句は観月能の句であるが、曾祖父夜半の兄弟は能喜多流の人間国宝であり、私が仕事場としている海に近い小さな庵「月華庵」（マンションの一室であるが）には遺品の能面を掛けている。遺伝子のせいか、能、歌舞伎、浄瑠璃、狂言と言った日本の古典芸能の世界には心惹かれる。昨年、祖父の戒名から「深観新詠」という作句信条を得た。全てのものを深く心に感じながら観ることで、だんだん自身の心が深くなり、日々新たな心で言葉を紡ぎ、俳句を詠んでいこうという志である。このように天命を歩んでいけるのは、皆様のお力のおかげだと言うことにいつも深く感謝している。

最後に、長年にわたって祖父比奈夫と親交が深く、多くの比奈夫句集、また父立夫の遺句集、伯母金田志津枝の米寿記念句集を編んで下さった「ふらんす堂」山岡喜美子氏にこの度句集『月華』の出版に際してお世話になりましたこと心よりお礼申し上げます。

令和三年仲秋月華庵にて

和田華凜

和田華凜（わだ・かりん）

昭和43年　東京都生まれ　3歳より神戸市在住
平成18年　「諷詠」入会。後藤比奈夫、後藤立夫に師事。
平成25年　『初日記』上梓。北溟社第三回与謝蕪村賞奨励賞受賞。
平成28年　父後藤立夫逝去により俳誌「諷詠」四代目主宰継承。
現在　「諷詠」主宰　「諷詠」編集長　「ホトトギス」同人　「玉藻」同人
俳人協会評議員　日本伝統俳句協会関西支部監事　虚子記念文学館理事
大阪俳人クラブ常任理事　兵庫俳壇常任理事

現住所
〒658-0032　神戸市東灘区向洋町中1丁目1-141-816

句集　月華

二〇二二年三月三日　初版発行

著　者――和 田 華 凜
発行人――山岡喜美子
発行所――ふらんす堂
〒182-0002 東京都調布市仙川町一―一五―三八―二F
電　話――〇三（三三二六）九〇六一　FAX〇三（三三二六）六九一九
ホームページ http://furansudo.com/　E-mail info@furansudo.com
振　替――〇〇一七〇―一―一八四一七三
装　幀――君嶋真理子
印刷所――日本ハイコム㈱
製本所――㈱松岳社
定　価――本体二八〇〇円＋税

ISBN978-4-7814-1444-7　C0092　¥2800E